句集

根岸日記

NEGISHI
DIARY

YAMADA
Yutaka

山田豊

文芸社

はじめに

会社を退職し散歩が日課となり、毎日ブラブラ歩いているうちに「子規庵」（台東区根岸二丁目）を知り、覗くようになりました。それまでは俳句とは無縁の生活でしたが、子規庵の居心地の良い空間というのでしょうか、さほど広くない庭にはたくさんの草花が茂っており、座敷から眺める風景に心が洗われる思いがしました。子規庵の座敷に寝ころびながら昼寝をしたり、庭を眺めながら子規に思いを馳せていました。

子規は、三十四歳で亡くなるまでに約二万五千句を残したことを知り、自分も思ったこと、感じたことを俳句にして詠んでみようと思いました。家内からの「数多く作ればいいというものではない」という言葉にもめげず、毎日散歩しながら詠んでいくうちに退職してからの二年間で三千句ほどできました。

皆様に子規庵がある、この根岸を本書から感じていただけましたら嬉しく思います。

二〇二二年師走

目次

彼岸の入りに

梅の香に目がくらむ春の宵　（二〇〇七年二月一日）

月の下柳がゆれて梅一輪　（二〇〇七年二月一日）

夜明け前十七夜の月降りる　（二〇〇七年二月四日）

春気配紅梅の背中にどっこいしょ　（二〇〇七年二月七日）

めじろ二羽椿の花と戯れる　（二〇〇七年二月十二日）

初雪の降る前の春一番　（二〇〇七年二月十五日）

星の降る東京の夜の梅の香楽し　（二〇〇七年二月十六日）

子規庵にめじろがいっぱい春はこぶ　（二〇〇七年二月十七日）

思い切り鳴いて鳴いてしじゅうから　（二〇〇七年二月十九日）

小雨降る子規の庭一羽ひよどり訪れる　（二〇〇七年三月十一日）

満開の花桃に降り注ぐ春の雨　（二〇〇七年三月十一日）

雨やんでひよどりが二羽大旋回　（二〇〇七年三月二十五日）

咲きに咲いた紫《し》もくれんさけぶ声は我を見よ　（二〇〇七年四月一日）

白椿落ちても見せるぞその姿　（二〇〇七年四月七日）

子規の庭春のエネルギー窓に入る　（二〇〇七年四月七日）

夜八時ガラス戸を開けてはいる春の風　（二〇〇七年四月七日）

枝垂れ桃春の日差しに頭下げ　（二〇〇七年四月八日）

千手院枝垂桜に朝の露　（二〇〇七年四月八日）

花海棠地蔵様の横で微笑んで　（二〇〇七年四月八日）

椿落ちつつじが主役の根岸かな　（二〇〇七年四月十五日）

青々とした椿の実椿油にいつになる　（二〇〇七年四月二十日）

風の中つつじの色の輝きよ　（二〇〇七年四月二十一日）

つつじにも恋心ありもんしろちょう　（二〇〇七年四月二十七日）

藤棚で香のシャワーの心地よさ　（二〇〇七年四月二十八日）

月の下夜間飛行の音静か　（二〇〇七年四月二十九日）

立ち止まり月にかざしてこでまりか　（二〇〇七年四月三十日）

牡丹雪山茶花の右に左に降り落ちる　（二〇〇八年二月二日）

朝日に流れるセーヌ川犬がほとりあくびする　（二〇〇八年二月八日）

雪の降る子規の庵のたたずまい　（二〇〇八年二月十日）

雪風情日当たりに縮んでく　（二〇〇八年二月十日）

あの濃いピンクの椿のつぼみに恋をして　（二〇〇八年二月十一日）

白梅の隣に浮き立つ紅梅か　（二〇〇八年二月十一日）

枝垂れ梅私を見てよと塀の外　（二〇〇八年二月十一日）

ぐっと膨らむ紅梅に我もまた　（二〇〇八年二月十七日）

目白たち思う存分遊んで帰る子規の庭　（二〇〇八年二月十七日）

庭を見てうたた寝をしてまた昼寝　（二〇〇八年二月十七日）

子規のすごさ狂気に勝る息吹なし　（二〇〇八年三月二日）

梅散り始め春の訪れ実感す　（二〇〇八年三月十五日）

はらはらと風弥生に舞い落ちる梅の花　（二〇〇八年三月十六日）

梅の香にそこはかとなく若女あり　（二〇〇八年三月十六日）

群青の空に春分近い上弦の月　（二〇〇八年三月十六日）

刻々とかわる月夜の春の音　（二〇〇八年三月十六日）

三島様梅のむこうに朧月《おぼろづき》
（二〇〇八年三月十六日）

雪柳梅と並んで彼岸かな
（二〇〇八年三月二十二日）

花朽ちてまだ残る梅の香り
（二〇〇八年三月二十三日）

椋の木の若葉喜ぶ卯月雨　（二〇〇八年四月十日）

椿の言葉は分からねど分かるはその心なり　（二〇〇八年四月六日）

剪定できられた枝にまた若葉　（二〇〇八年四月二十日）

横丁から飛んでくるシャボン玉と子供たち
（二〇〇八年四月二十日）

月下美人柳通りの八重桜
（二〇〇八年四月二十日）

春雨の後の欅《けやき》に雲残る
（二〇〇八年四月二十七日）

牡丹の蕾《つぼみ》皐月を前に膨らんで
（二〇〇八年四月二十九日）

梅の香にふりむいて春がそこ
（二〇〇九年二月七日）

老梅木《ろうばいもく》無数の蕾が明日を待つ
（二〇〇九年二月七日）

風はこぶ春のにおいと梅の香と
（二〇〇九年二月八日）

通勤路ねむいまなこに沈丁花
（二〇〇九年三月一日）

椿姫思うがままに咲き乱れ
（二〇〇九年三月十九日）

ぼけの花雪柳と競い合う根岸かな　（二〇〇九年三月二十一日）

桜の芽もうはじけんと春彼岸　（二〇〇九年三月二十一日）

開花日を明日とはかる根岸かな　（二〇〇九年三月二十一日）

てっせんの紫根岸に夏を告げ　（二〇〇九年四月二十六日）

羽衣ジャスミン根岸中に夏を告げ　（二〇〇九年四月三十日）

くちなしの白の蕾と夏を待つ　（二〇〇九年四月三十日）

夏嵐

純白のつつじが皐月の微風に頭揺らす　（二〇〇七年五月五日）

やまほろし子規の家の屋根に咲く　（二〇〇七年五月五日）

朝夕に散歩がてらの俳句かな　（二〇〇七年五月五日）

雨の中栃の木の葉っぱの中で遊ぶすずめかな　（二〇〇七年五月六日）

永遠に生きる正岡子規の御霊かな　（二〇〇七年五月六日）

雨の中藤を飛び出すすずめかな　（二〇〇七年五月六日）

藤終わりしゃくやく告げる夏の風　（二〇〇七年五月十二日）

お祭りのお囃子響く言問通り　（二〇〇七年五月十三日）

快晴の空に三社の声響く　（二〇〇七年五月二十日）

草木にも品があるなしなにがもと　（二〇〇七年五月二十七日）

藤棚のばいかうつぎに初夏の夏　（二〇〇七年五月二十七日）

盆栽のやまぼうし花も大きくいきもいい　（二〇〇七年五月二十七日）

ガラス戸にうつる裸電球のむこうに庭を見る　（二〇〇七年五月二十七日）

濃い紫に西の空変化の連続とどまらず　（二〇〇七年六月三日）

安楽寺大門遠くに見える白紫陽花　（二〇〇七年六月十日）

少年剣士お父さんについていく姿は大剣士

（二〇〇七年六月十日）

微香にたまらずにおいかぐくちなしの花

（二〇〇七年六月十日）

梅雨を待つ紫陽花一輪雨のなか

（二〇〇七年六月十四日）

水辺のイチジク芳香を放って存在感　（二〇〇七年六月十七日）

水無月の晴天の風に揺られてやまほろし　（二〇〇七年六月十七日）

むくげたち空に向かって大合唱　（二〇〇七年七月一日）

はごろもじゃすみんくちなし見えずともそれと知る
（二〇〇八年五月九日）

けやきに包まれる小野照さん響く神楽の笛太鼓
（二〇〇八年五月十八日）

ほほえみ観音そこそこハッピーよと語りかけ
（二〇〇八年五月二十三日）

八重のくちなし色は白香りは深緑

（二〇〇八年六月十四日）

洗濯物を自転車にかけて下谷かな

（二〇〇八年六月十五日）

雨にぬれ大粒のしずくに打たれ石畳

（二〇〇八年六月二十二日）

萩の枝四十五度にピンと伸び　（二〇〇八年六月二十二日）

大八重のくちなし生きる浄土かな　（二〇〇八年七月六日）

うだる暑さに草木《そうもく》も死んだふり　（二〇〇八年七月十二日）

みそはぎが子規庵の玄関で客むかえ　（二〇〇八年七月十二日）

迎え火を路地で子供と入谷かな　（二〇〇八年七月十三日）

出て隠れ隠れ隠れて朧月　（二〇〇八年七月十三日）

朝一番浴衣で颯爽と入谷朝顔市

（二〇〇八年七月二十日）

木々の下涼しさも一段と三島様

（二〇〇八年七月二十六日）

大柳鳥居の上から世をながむ

（二〇〇八年七月二十六日）

安楽寺山門と地蔵さんを残して焼夷弾　（二〇〇八年七月二十六日）

鉢に咲く八重のくちなし匂いなし　（二〇〇八年七月二十七日）

八重桜咲き方も散り方もこころ得て　（二〇〇九年五月一日）

つつじ香の体にしみる清純さ　（二〇〇九年五月一日）

つがいのすずめいたや楓と戯れる　（二〇〇九年五月一日）

皐月だと雀たちうれしくてうれしくて　（二〇〇九年五月一日）

クレマチス蜂が突っ込み朝日浴び　（二〇〇九年五月一日）

蜂舞うも恐れることなくわが身かな　（二〇〇九年五月一日）

誰か横にいたような気がした子規の家　（二〇〇九年五月一日）

老木の椎の木に生える若葉かな　（二〇〇九年五月四日）

鐘楼の夏の緑に囲まれ風の中　（二〇〇九年五月四日）

夏の草心が読めず立ち往生　（二〇〇九年五月四日）

ここぞが日本近代文学の起点也　（二〇〇九年五月二十三日）

老梅の実のたわむ上根岸　（二〇〇九年五月二十三日）

夏の子規庵蚊取り線香焚き始め　（二〇〇九年六月七日）

露草の灯籠の下に千手院　（二〇〇九年六月十三日）

ひかえめな香に白い花ばんまつり　（二〇〇九年六月二十日）

朝顔市猫が警察詰め所のお店番　（二〇〇九年七月五日）

梅雨明けて木陰で休む淡路坂　（二〇〇九年七月十五日）

芳香の根岸のかどにばんまつり　（二〇〇九年七月十八日）

あげはちょう水遊びに興味あり　（二〇〇九年七月十八日）

山桃の並ぶ吉原夏の風　（二〇〇九年七月十八日）

給水で青空いっきにのみこむぞ　（二〇〇九年七月十九日）

蝉の声まだよわよわし文月かな　（二〇〇九年七月十九日）

葉桜を下で眺める花園稲荷　（二〇〇九年七月二十日）

ひと風の毛穴にしみる夏の風　（二〇〇九年七月二十六日）

何回も試しては鳴いて油蝉　（二〇〇九年七月二十六日）

糸瓜咲いて

すいれんの咲く美しさ色気あり　（二〇〇六年八月三日）

ふっと手元にトンボ飛ぶ秋もまぢかにせまってる　（二〇〇六年八月四日）

あさがおがつばきにからんでラッパふく　（二〇〇六年八月五日）

風鈴が三味線に音をあわせる根岸哉
（二〇〇六年八月六日）

月光る横に白雲過ぎていく
（二〇〇六年八月六日）

あさがおが夜風にゆられて日の出待つ
（二〇〇六年八月六日）

月と白雲柳通りでかくれんぼ　（二〇〇六年八月七日）

あかとんぼ声掛けるわたしの秋がもうまぢか　（二〇〇六年八月十四日）

綿雲が下町包んで秋を待つ　（二〇〇六年八月十四日）

蝉の鳴く声うつろ夏の雨　（二〇〇六年八月十五日）

睡蓮一輪この地上にさかんとす　（二〇〇六年八月十七日）

修練の極致をみる阿波踊り　（二〇〇六年八月二十日）

猫じゃらしきれいに整え猫を待つ　（二〇〇六年八月二十一日）

人の世もこの水しぶきのごとくなり　（二〇〇六年八月二十三日）

葉が落ちる生生流転のしわざかな　（二〇〇六年八月二十七日）

コスモスにはじめてあった胸の鼓動はいかばかり

（二〇〇六年九月二日）

秋の雲間に薄黄色の半月が見え隠れ

（二〇〇六年九月三日）

噴水と戯れ遊ぶトンボ哉

（二〇〇六年九月五日）

ゆっくりと物思いにふける秋の風　（二〇〇六年九月六日）

こおろぎが鳴いて秋を深くする　（二〇〇六年九月六日）

物思いふけってたのし秋の雨　（二〇〇六年九月十二日）

斜めに流れる秋微雨《あきこさめ》熱い土も冷えていく

（二〇〇六年九月十四日）

子規庵で孤高と涼む酔芙蓉

（二〇〇六年九月十七日）

赤とんぼ子規の命日見届ける

（二〇〇六年九月十八日）

白い雲月に照らされなお白く　（二〇〇六年九月十八日）

満天の月の光に三島様　（二〇〇六年十月八日）

虫達もうたいなれて神無月　（二〇〇六年十月八日）

萩の葉の整いしうすみどり　（二〇〇六年十月九日）

時空を超えた月の光がわれを打つ　（二〇〇六年十月十一日）

だるま萩秋だ秋だと叫んでる　（二〇〇六年十月十四日）

葉牡丹の葉っぱのいろに吸い込まれ　（二〇〇六年十月二十一日）

ピラカンサ金杉通りを赤で染め　（二〇〇六年十月二十九日）

枝たわみ赤いざくろに艶をみる　（二〇〇六年十月二十九日）

川流れその音にひぐらしや　（二〇〇七年八月九日）

黒雲も真っ赤に染まる夕焼けかな　（二〇〇七年八月十二日）

雲速く陽も早くなり葉月かな　（二〇〇七年九月九日）

野分けあり西の夕焼け音もなし　（二〇〇七年九月十七日）

二年たちやっと聞こえた花の声　（二〇〇七年九月十七日）

呉竹の遊人集まる根岸かな　（二〇〇七年九月十七日）

箒目《ほうきめ》の通る入口千手院

（二〇〇七年九月二十四日）

十五夜に雲が流れてかくれんぼ

（二〇〇七年九月二十五日）

萩のびて秋よこいと叫んでる

（二〇〇八年八月二日）

飛行機の点滅夏夜を横切って　（二〇〇八年八月十四日）

寝転んで窓の桟《さん》から白い月　（二〇〇八年九月十日）

金星をともに従え月の路　（二〇〇八年九月十日）

日が暮れずひぐらしの鳴く富士見坂
（二〇〇八年九月二十三日）

まぢか視《み》る芙蓉の花に色気あり
（二〇〇八年九月二十七日）

秋の風揺れて芙蓉の赤と白
（二〇〇八年九月二十八日）

のび放題の萩の枝どこまでも行くぞとたのもしく
（二〇〇八年十月十二日）

縁側の板のぬくもり冬近し
（二〇〇八年十月十二日）

秋風の角に群生秋海棠
（二〇〇八年十月十二日）

こおろぎがビルの合間で秋奏で　（二〇〇八年十月十三日）

フジバカマ平安の世と大満開　（二〇〇八年十月二十六日）

風もまた風情を加える子規の庭　（二〇〇八年十月二十六日）

山茶花の花一輪冬近し　（二〇〇八年十月二十七日）

小野照崎燈明に吸い込まれる蝉の声　（二〇〇九年八月二日）

岩風呂に山百合の咲く修善寺温泉　（二〇〇九年八月十六日）

子供たちにぎやかな蟬の声と塾通い

（二〇〇九年八月十七日）

半月と踊る雲の秋の風

（二〇〇九年八月二十八日）

風鈴の音になつかし夏の朝

（二〇〇九年九月六日）

白雲の流れを押しのけ月ひかり（二〇〇九年九月六日）

コスモスの上で風鈴秋の風（二〇〇九年九月二十日）

お彼岸の雲一点もなし秋の風（二〇〇九年九月二十日）

雪の家に

ピラカンサス真っ赤なその実に吸い込まれ　（二〇〇六年十一月三日）

白の山茶花一輪君の姿を垣間見る　（二〇〇六年十一月四日）

静かになくこおろぎに十三夜の月　（二〇〇六年十一月五日）

ふじばかま風に揺られてお辞儀する　（二〇〇六年十一月十二日）

朝焼けの雲と太陽冬支度　（二〇〇六年十一月十四日）

半そででむかう人あり酉の市　（二〇〇六年十一月十六日）

つわぶきが車道に向かって花を振る　（二〇〇六年十一月十八日）

小春日和この太陽をあびてあびて昼寝かな　（二〇〇六年十一月二十五日）

山茶花がさあ私の出番と咲き誇る　（二〇〇六年十一月二十六日）

ぜいたくに長屋の屋根に月かかる　（二〇〇六年十二月一日）

椿姫一輪咲いて師走入り　（二〇〇六年十二月一日）

もみじの葉赤い夕日になお赤く　（二〇〇六年十二月三日）

やつでの花が斜めになって盛り過ぎ　（二〇〇六年十二月十日）

冬枯れのすすき子規庵で風に揺られて右左　（二〇〇六年十二月十六日）

山茶花のこの紅に心奪われ立ちすくむ　（二〇〇六年十二月十七日）

真っ青な空を眺めて明日を知る　（二〇〇六年十二月十八日）

天上の半月あと一日で新春ぞ　（二〇〇六年十二月三十日）

年賀状と一日過ごす元日か　（二〇〇七年一月一日）

初春の白い椿に朧月《おぼろづき》　（二〇〇七年一月三日）

紅梅《こうばい》が新春の風に芽を吹いて　（二〇〇七年一月三日）

一升瓶二本抱えて下町年賀のご挨拶　（二〇〇七年一月四日）

正岡子規その人生の濃さに驚嘆す　（二〇〇七年一月八日）

勢いまして梅芽たち叫びが聞こえる千手院　（二〇〇七年一月十四日）

子規の庭草刈済ませて春を待つ　（二〇〇七年一月十四日）

しだれ梅三味《しゃみ》の音に枝揺らす根岸哉

（二〇〇七年一月二十一日）

縁側のガラス戸の中の暖かさ

（二〇〇七年一月二十一日）

もくれんが寒風ついて成長す

（二〇〇七年一月二十八日）

白銀の舞に近し満月ふりそそぐ　（二〇〇七年一月三十一日）

子規庵の縁側にさす冬陽光　（二〇〇七年十一月十一日）

ひよどりの鳴き声重なる一番町　（二〇〇七年十一月十七日）

ガラス戸を閉めて暖房冬支度　（二〇〇七年十一月二十五日）

赤椿膨らみだして色気あり　（二〇〇七年十二月十六日）

ぴーぴーとひよどり鳴いて風になるガラス音　（二〇〇七年十二月十六日）

初日の出梅の花も ready to go　（二〇〇八年一月一日）

まんさくの下で昼寝の子猫かな　（二〇〇八年一月六日）

ひざをくりぬく子規机もみじ二枝すがすがし　（二〇〇八年一月十四日）

梅の芽もとんがって春近し　（二〇〇八年一月十四日）

この寒さしのいでしのいで春を待つ　（二〇〇八年一月十四日）

ふるさとにもどった気のする子規の家　（二〇〇八年一月二十日）

暇あれば子規を弔い策を練る　（二〇〇八年一月二十日）

枝垂れ梅もう咲かんぞと芽がいっぱい　（二〇〇八年一月二十七日）

葉が落ちて柿の実のこる根岸かな　（二〇〇八年十一月十五日）

枯葉落ちとびが天空旋回す　（二〇〇八年十一月二十三日）

梅の木が太陽を浴びて仕込み中　（二〇〇八年十二月七日）

蕾あり桜葉紅葉春よこい　（二〇〇八年十二月七日）

なんてんの赤い実輝く冬の朝　（二〇〇八年十二月七日）

山茶花が真っ赤に乱れて中根岸　（二〇〇八年十二月七日）

仰ぎ見る月の輝き春はまだ　（二〇〇八年十二月七日）

思えば思うほど遠のく心に心よせ　（二〇〇八年十二月十二日）

宵の明星が濃紺の空に輝いて　（二〇〇八年十二月十四日）

風にゆれ柳になぞらう生きる道　（二〇〇八年十二月二十一日）

葉が落ちて息吹くその芽の桜かな　（二〇〇八年十二月二十一日）

山茶花の山門に赤く永稱寺　（二〇〇八年十二月二十一日）

子規庵の静けさに師走の喧騒どこにあり　（二〇〇八年十二月二十一日）

赤い夕日の午後の四時影長く足長し
（二〇〇八年十二月二十三日）

百花繚乱根岸の山茶花ここかしこ
（二〇〇八年十二月三十日）

新春の静けさや陽の光
（二〇〇九年一月二日）

陽光に育まれし富士の山　（二〇〇九年一月三日）

江戸通りの辛夷《こぶし》寒風の中に春を待つ　（二〇〇九年一月五日）

なまめかしい椿の蕾にひとめぼれ　（二〇〇九年一月十一日）

もくれんの芽でて春を呼び寄せて　（二〇〇九年一月十二日）

野良猫が我が物顔で通る子規の庭　（二〇〇九年一月十二日）

永稱寺の桜の木深く静かに時を待つ　（二〇〇九年一月二十五日）

高齢者川柳

春

子規庵の縁側でまどろむお昼前

（二〇〇七年二月十二日）

一人しか入らぬ墓もありぬべし

（二〇〇七年四月二十八日）

久しぶり線香をあげに実家かな　（二〇〇七年四月三十日）

人のお役に立ちたいと思う心に神やどる　（二〇〇八年二月二日）

飛行機雲の縦横さおれも早くあれになろう　（二〇〇八年二月七日）

閉庵の直前にダッシュして俳句詠む　（二〇〇八年二月十日）

女房出すお茶の渋さに目が覚めて　（二〇〇八年二月二十一日）

老木の白梅強し俺もまた　（二〇〇八年三月九日）

親孝行親の手をひき墓参り

（二〇〇八年三月二十二日）

墓のむこうで朽ちた椿が真っ盛り

（二〇〇八年三月二十三日）

家族で墓まいり彼岸の日に父思う

（二〇〇八年三月二十三日）

夏

二万歩も歩けど俳句あまり出ず　（二〇〇七年五月十三日）

メガネだし眺める携帯よく見えぬ　（二〇〇七年六月一日）

やまのかみ今日はえばってつっかかる　（二〇〇七年六月一日）

お母さんをかかえて散歩の息子かな　（二〇〇八年五月三日）

親の手をひく聖橋もうすぐ大学病院　（二〇〇八年六月十六日）

いくらぼけても墓参りのできる距離　（二〇〇八年七月十三日）

暑い朝お母さんの叱咤激励背中追う　（二〇〇八年七月二十五日）

子規の句を読むたびに自暴自棄　（二〇〇八年七月二十七日）

還暦でジャズに俳句にswing dance　（二〇〇九年五月二十三日）

物忘れ苦しいこともすぐ忘れ　（二〇〇九年六月十三日）

減量で体もかるく朝散歩　（二〇〇九年七月五日）

お父さんかせいでもかせいでも絞られて

（二〇〇九年七月六日）

秋

この太陽を待ってたぞ明日に輝け明日に飛べ　（二〇〇六年八月四日）

夏枯れで俳句も短歌もでてこない　（二〇〇六年八月十六日）

こんなに暑い毎日じゃ清涼一句も途絶えがち　（二〇〇六年八月十七日）

だましても身に降りかかるこの世かな　（二〇〇六年九月八日）

どうしても自立かなわぬ息子かな　（二〇〇七年八月十一日）

腰曲がり杖をついても前進む
（二〇〇七年九月二十二日）

手ぬぐいをくわえて歩くメタボかな
（二〇〇八年八月三十一日）

創句あり劣化しても尚続け
（二〇〇八年九月二十三日）

若者よ下を向くな上を向け　（二〇〇八年十月四日）

甘いもの夜中に食べてメタボかな　（二〇〇八年十月五日）

夕暮れは誰にでも来るぞ覚悟しろ　（二〇〇八年十月十二日）

枯れ葉掃く箒《ほうき》の先に濡れ落ち葉　（二〇〇八年十一月十日）

百句前はたと出なくなる俳句かな　（二〇〇九年八月八日）

総選挙投票をして高揚感　（二〇〇九年八月三十日）

冬

ゆたかな心のあり方を考える心の座標軸を取り戻せ

（二〇〇六年十二月二十四日）

作風はと問われ妻が答える〝小学生〟

（二〇〇七年一月一日）

久々のジャズの演奏体力不足を実感す　（二〇〇七年一月八日）

明日を見て歩く姿に我があり　（二〇〇七年十一月三日）

8カウント身につくまでにまだかかる　（二〇〇八年一月十二日）

おにぎりをひとつ買ってお昼かな　（二〇〇八年一月二十三日）

眠たくて俳句もでてこず子規の家　（二〇〇八年十一月三十日）

出る杭は打たれて沈む川の中　（二〇〇八年十二月十四日）

居眠りと日向ぼっこの子規の家

（二〇〇八年十二月二十一日）

三代続いた鉄舟庵そばづくりの店閉める

（二〇〇八年十二月二十九日）

思うように生きなさいできないところに悩みあり

（二〇〇八年十二月三十一日）

七十歳まで働ける体をつくって職探し

（二〇〇九年一月十一日）

おわりに

日本の文化に大変興味を持っているフランスの方に読んでいただきたいと思い、翻訳に取り掛かっています。

その翻訳にも活かしたいので、読者の皆様には、ぜひご感想をいただきたくお願い申し上げます。

ここ数年、コロナ禍で散歩もなかなかできなかった方も、本書をきっかけに根岸までお出かけになるのはいかがでしょう。

このたびは本書を手にとってくださり、ありがとうございました。

二〇二二年師走

著者プロフィール

山田　豊（やまだ ゆたか）
1947年12月27日生まれ
宮城県出身
1970年、慶應義塾大学商学部卒
1970年、山之内製薬（現アステラス製薬）入社
会社を国際化するため、1984年、ロンドン大学インペリアルカレッジに2年間留学、修了。その後、英国、仏国等に滞在。
2005年3月、山之内製薬退職
2007年、ユーシービージャパン入社。2015年12月退職

句集　根岸日記

2023年2月15日　初版第1刷発行

著　者　山田 豊
発行者　瓜谷 綱延
発行所　株式会社文芸社
〒160-0022　東京都新宿区新宿1-10-1
電話　03-5369-3060（代表）
03-5369-2299（販売）

印刷所　図書印刷株式会社

ISBN978-4-286-27048-7